HÉSIODE ÉDITIONS

ARTHUR CONAN DOYLE

Silver Blaze

Hésiode éditions

1 rue Honoré - 93500 Pantin.
ISBN 978-2-38512-174-7
Dépôt légal : Janvier 2023

Impression Books on Demand GmbH

In de Tarpen 42
22848 Norderstedt, Allemagne

Silver Blaze

Un matin, au moment où nous allions commencer à déjeuner :

– Mon cher Watson, me dit Sherlock Holmes, j'ai peur d'être obligé de m'absenter.

– Et où comptez-vous aller ?

– Dans le Dartmoor, à King's Pyland.

Cette réponse ne me surprit pas ; ce qui m'étonnait bien davantage, c'était qu'Holmes ne se fût pas encore trouvé mêlé à cette affaire si étrange qui, d'un bout à l'autre de l'Angleterre, était devenue le sujet de toutes les conversations. Je l'avais bien vu pendant une journée entière arpenter le salon, le menton incliné sur la poitrine, les sourcils froncés, fumant pipe sur pipe du tabac le plus noir et le plus fort qu'il eût pu trouver et restant absolument sourd à tout ce que je pouvais lui dire. Ce jour-là, nous avions reçu les derniers numéros parus de chaque journal de Londres ; mais mon compagnon y avait à peine jeté les yeux et les avait successivement lancés dans un coin. Cependant, malgré son silence, je savais parfaitement à quoi m'en tenir sur le sujet de ses méditations. Il n'y avait à ce moment qu'un seul problème qui pût l'amener à concentrer ainsi toutes ses facultés d'analyse : c'était la mystérieuse disparition de Silver Blaze, – le cheval célèbre, le grand favori du Wessex Cup – et le meurtre tragique de son entraîneur. Aussi quand il m'annonça brusquement son intention de se rendre sur le théâtre du drame, il ne fit que répondre à mon attente et à mes secrètes espérances.

– Si je ne vous gêne pas, lui dis-je, je serais très heureux de vous accompagner.

– Mais au contraire, mon cher Watson, vous me feriez le plus grand plaisir. Et je crois que vous ne perdrez pas votre temps ; car il y a dans cette affaire certaines particularités qui promettent d'en faire un cas absolument unique. Voyons, je crois que nous avons juste le temps d'arriver à la gare de Paddington pour prendre le train ; pendant le voyage, je vous mettrai au courant de tout ce que je sais là-dessus. Ah ! je vous serais très reconnaissant d'emporter votre excellente lorgnette.

Aussi, une heure plus tard, installé dans un compartiment de première classe, je roulais à toute vapeur dans la direction d'Exeter, ayant en face de moi Sherlock Holmes, dont la figure fine et perçante apparaissait encadrée dans une casquette de voyage à larges oreillères. Mon compagnon avait acheté à la gare tout un paquet de journaux et s'était immédiatement plongé dans leur lecture. Ce ne fut que longtemps après avoir dépassé Reading qu'il jeta la dernière feuille sous la banquette ; tirant alors son porte-cigares, il me le tendit :

– Nous marchons bien, dit-il en regardant sa montre, après avoir jeté un coup d'œil par la portière ; notre vitesse actuelle est de quatre-vingt-treize kilomètres à l'heure.

– Je n'ai pas fait attention aux bornes, répliquai-je.

– Ni moi non plus ; mais, sur cette ligne, les poteaux télégraphiques sont plantés à cinquante-cinq mètres les uns des autres ; vous voyez que le calcul est bien facile à faire. Je suppose, ajouta-t-il, que vous avez déjà étudié toute cette affaire, l'assassinat de John Straker et la disparition de Silver Blaze ?

– Je ne sais que ce que le Daily Telegraph et le Daily Chronicle en ont dit.

– Nous sommes en présence d'un de ces cas dans lesquels le mérite du chercheur est d'approfondir tous les détails, de les passer, pour ainsi dire, au crible, plutôt que de se mettre en quête de nouveaux indices. En voyant combien ce drame est étrange – car il n'y manque vraiment rien, – et quelle importance capitale il prend pour un grand nombre de gens, ce qui nous gêne le plus, c'est la pléthore de soupçons, de conjectures ou d'hypothèses en présence desquels nous nous trouvons. La difficulté est donc de dégager le fait lui-même, – le fait brutal, indéniable, – de tout ce qui l'encadre, c'est-à-dire des embellissements dus aux reporters et aux théoriciens. Puis, partant de cette base fixe, nous devons en tirer toutes les déductions possibles et examiner les points principaux sur lesquels semble reposer tout le mystère. Mardi soir, j'ai reçu deux télégrammes, l'un du colonel Ross, le propriétaire du cheval, et l'autre de l'inspecteur Gregory, l'agent chargé de cette affaire, qui me demandent tous les deux de venir à leur aide.

– Mardi soir, dites-vous, et nous sommes à jeudi matin ! Pourquoi n'êtes-vous pas parti hier ?

– Tout simplement parce que j'ai fait une gaffe, mon cher Watson, ce qui m'arrive, je le crains, plus souvent qu'on ne pourrait le croire d'après les récits où vous m'avez fait connaître au public. Le fait est qu'il m'était impossible d'admettre que le cheval le plus remarquable d'Angleterre puisse rester longtemps caché, surtout dans un endroit où la population est aussi clairsemée que dans le nord du Dartmoor. Hier, d'heure en heure, je m'attendais à apprendre qu'on l'avait retrouvé et que son détenteur était le meurtrier de John Straker. Cependant, quand je vis, après toute une journée écoulée, que, à part l'arrestation du jeune Fitzroy Simpson, rien n'avait été fait, je compris qu'il était temps pour moi de me mettre en campagne. Je dois reconnaître, néanmoins, que je n'ai pas perdu tout à fait cette journée d'hier.

– Vous avez donc posé des jalons sérieux sur cette affaire ?

– J'ai tout au moins formé un faisceau de tous les faits principaux. Je vais vous les énumérer, car rien ne contribue à rendre une affaire claire comme de la dérouler aux yeux d'une autre personne ; d'ailleurs, je ne pourrais guère compter sur votre concours, si je ne vous communiquais pas toutes les données du problème.

À ces mots, je me renversai sur ma banquette tout en continuant à fumer mon cigare, tandis qu'Holmes, le corps penché en avant, se mettait à me détailler les événements qui occasionnaient notre voyage ; tout en parlant, il promenait son index long et mince sur la paume de sa main gauche, comme s'il avait voulu y dessiner, au fur et à mesure, tout ce qu'il me racontait.

– Silver Blaze, dit-il, est du sang d'Isonomy et a parcouru une carrière aussi brillante que son illustre père. Il a maintenant cinq ans et a fait gagner successivement tous les prix du turf au colonel Ross, son heureux propriétaire. Au moment de la catastrophe, il tenait encore la tête de la cote à 3/1 dans le Wessex Cup. Du reste, le public des courses l'installait toujours grand favori, et comme il n'avait jamais trompé cette confiance, on avait engagé sur lui – dans le cas présent et malgré sa cote peu avantageuse – des sommes énormes. Il est donc clair que beaucoup de gens avaient le plus grand intérêt à empêcher Silver Blaze de se présenter au poteau mardi prochain.

« On s'en rendait bien compte à King's Pyland – c'est le nom de l'écurie d'entraînement du colonel. Toutes les précautions étaient prises pour monter la garde autour du favori. L'entraîneur, John Straker, était un ancien jockey qui avait monté pour le colonel Ross avant d'être devenu trop lourd. Il a été au service du colonel pendant cinq ans comme jockey, pendant sept ans comme entraîneur, et s'est toujours montré honnête et dévoué. Il n'avait que trois lads sous ses ordres, car l'établissement est peu considérable, puisqu'il ne contenait que quatre chevaux. L'un des lads, à tour de rôle, veillait chaque nuit dans l'écurie, tandis que les deux autres couchaient dans le grenier. On ne donne que de bons renseignements sur tous les trois. John Straker, qui était marié, habitait un petit chalet, à deux cents mètres environ de l'écurie. N'ayant pas d'enfants, il n'avait chez lui qu'une servante et passait pour être à son aise. Le pays environnant est très désert, mais à un kilomètre vers le nord, on aperçoit un petit groupe de villas construites par un entrepreneur de Tavistock et destinées à être louées aux malades ou aux autres personnes qui sont attirées par l'air si pur qu'on respire dans le Dartmoor. La petite ville de Tavistock est située à trois kilomètres à l'ouest tandis que de l'autre côté de la lande, et également à trois kilomètres, se trouve Capleton. C'est une écurie d'entraînement importante, qui appartient à lord Backwater et qui est dirigée par Silas Brown. De tous les autres côtés, la lande offre l'aspect d'un vrai désert et n'est habitée que d'une façon intermittente par quelques bohémiens nomades. Maintenant que vous savez à quoi vous en tenir sur la topographie du pays, revenons à la catastrophe de lundi dernier.

« Dans la soirée de ce jour, les chevaux avaient eu leur exercice et avaient été pansés comme d'habitude. L'écurie avait été fermée à clef à neuf heures. Deux des lads se rendirent alors à la maison de l'entraîneur pour y souper dans la cuisine, tandis que le troisième, Ned Hunter, restait de garde. Quelques minutes après neuf heures, la servante, Edith Baxter, sortit pour porter à Hunter son repas, qui consistait dans un plat de mouton au carry ; elle ne lui portait rien à boire ; il y avait, en effet, un robinet d'eau dans l'écurie, et il était de règle que le lad de service ne devait pas avoir d'autre boisson. La servante avait à la main une lanterne, car il faisait très noir, et le sentier traverse la bruyère inculte.

« Edith Baxter se trouvait à environ trente mètres de l'écurie, lorsqu'un homme, l'interpellant dans l'obscurité, la pria de s'arrêter. Quand cet homme fut entré dans le cercle de lumière projeté par la lanterne, elle vit qu'il était revêtu d'un complet gris et d'une casquette de drap ; il portait des guêtres et tenait à la main une canne très lourde, surmontée d'une boule ; enfin, il lui parut avoir dépassé la trentaine et présenter toutes les apparences d'un monsieur comme il faut.

« – Pouvez-vous me dire où je me trouve ? demanda-t-il. J'étais presque résigné à passer la nuit dans la lande, lorsque j'ai aperçu la lueur de votre lanterne.

« – Vous êtes, répondit la servante, tout près de l'écurie d'entraînement de King's Pyland.

« – Eh bien, j'ai de la chance ! s'écria-t-il. Je me suis laissé dire qu'un seul lad couche chaque nuit dans l'écurie ; c'est même sans doute son souper que vous portez là. Voyons, entre nous, je suis sûr que vous ne feriez pas trop la fière si on vous offrait de quoi vous acheter une jolie robe neuve ? Qu'en dites-vous ? » Puis, tirant de la poche de son gilet un morceau de papier blanc replié : « – Faites en sorte, ajouta-t-il, que le lad ait cela ce soir, et je vous promets la plus belle robe que vous ayez pu rêver. »

« La femme fut effrayée du ton sur lequel il lui parlait ; aussi se mit-elle à courir vers la fenêtre par laquelle elle avait l'habitude de tendre leur repas aux garçons d'écurie. Cette fenêtre était déjà ouverte, et Hunter était assis à l'intérieur devant une petite table. Edith Baxter avait commencé à lui raconter son aventure, lorsque l'étranger se rapprocha de nouveau.

« – Bonsoir, dit-il en regardant Hunter par la fenêtre ; je voudrais vous dire un mot.

« La femme a affirmé que, pendant qu'il parlait, elle avait remarqué le coin du papier blanc dépassant ses doigts.

« – Que venez-vous faire ici ? demanda le lad.

« – Je viens peut-être vous mettre quelque argent dans la poche, répondit l'autre. Écoutez, vous avez deux chevaux engagés dans le Wessex Cup, Silver Blaze et Bayard. Ne me marchandez pas les renseignements, et vous ne vous en trouverez pas plus mal. Est-il vrai qu'avec le poids qu'il porte, Bayard puisse, sur mille mètres, battre son camarade de vingt longueurs, et que l'écurie ait mis beaucoup d'argent sur lui ?

« – Alors, vous êtes un de ces maudits touts ! cria le lad ; je vais vous montrer comment nous les recevons à King's Pyland ! Et d'un bond, il s'élança au bout de l'écurie pour détacher le chien.

« La servante s'enfuit du côté de la maison, mais, tout en courant, elle regarda derrière elle et vit que l'étranger se penchait sur la fenêtre. Cependant, lorsque, une minute après, Hunter apparut avec le chien, il ne vit plus personne, et il eut beau faire le tour du bâtiment, il ne trouva plus trace de l'individu.

– Un instant ! m'écriai-je. Est-ce que le lad, en sortant avec le chien, avait laissé la porte de l'écurie ouverte ?

– Bravo, Watson, bravo ! murmura mon compagnon. L'importance de ce détail m'a paru telle que j'ai télégraphié hier à Dartmoor à seule fin d'éclaircir le fait. Le lad a bien fermé la porte derrière lui, et je puis ajouter que la fenêtre était trop étroite pour donner passage à un homme.

« Hunter attendit le retour de ses camarades, puis en envoya un raconter à l'entraîneur tout ce qui s'était passé. Ce récit parut agiter quelque peu Straker, quoique, selon toute apparence, il ne se soit pas bien rendu compte de l'importance de la chose. Néanmoins, il demeura vaguement inquiet ; à une heure du matin, sa femme, s'étant réveillée, l'aperçut qui s'habillait. Aux questions qu'elle lui fit, il répondit qu'il était trop préoccupé des chevaux pour pouvoir dormir, et qu'il allait aller jusqu'aux écuries s'assurer que tout était en ordre. Elle le supplia de rester, lui faisant remarquer qu'on entendait la pluie battre les vitres au dehors ; mais, quoi qu'elle pût dire, il s'enveloppa dans son imperméable et sortit.

« Mrs. Straker se rendormit et, en se réveillant de nouveau à sept heures du matin, elle constata que son mari n'était pas encore rentré. Elle s'habilla à la hâte, appela la servante et se dirigea vers les écuries. La porte en était ouverte ; à l'intérieur, Hunter, affaissé sur une chaise, était plongé dans un état d'insensibilité complète, le box du favori était vide ; on ne voyait aucune trace de l'entraîneur.

« Les deux lads qui couchaient dans le grenier à foin au-dessus de la sellerie furent immédiatement réveillés. Ils affirmèrent bien n'avoir rien entendu pendant la nuit, mais ils ont tous les deux le sommeil très dur. Quant à Hunter, il se trouvait, à n'en pas douter, sous l'influence d'un narcotique puissant ; comme il était impossible de le faire revenir à lui, on le laissa là, tandis que les deux lads et les deux femmes se précipitèrent à la recherche de l'homme et du cheval disparus. Ils espéraient encore que l'entraîneur avait, pour une raison quelconque, sorti le crack dans l'intention de lui donner son travail de bonne heure ; mais, en montant sur une butte qui se trouve près de la maison et d'où on domine toute la bruyère alentour, ils aperçurent, au lieu du cheval qu'ils cherchaient, un indice qui leur fit pressentir un malheur.

« À cinq cents mètres de l'écurie, on pouvait voir, accroché à une touffe d'ajoncs, le manteau de John Straker... Derrière cette touffe, une dépression de terrain forme une sorte de cuvette, et ce fut là qu'on retrouva le corps inanimé du malheureux entraîneur. Il avait la tête fracassée ; on voyait qu'on avait dû lui porter des coups terribles au moyen d'une arme très lourde ; mais le crâne était dans un tel état que rien ne pouvait indiquer de quelle nature était cette arme ; de plus, il avait à la cuisse une blessure présentant le caractère d'une coupure longue et nette produite par un instrument très affilé. Il était clair que Straker avait dû se défendre vigoureusement contre ses assaillants ; car dans sa main droite, il tenait un petit couteau taché de sang jusqu'au manche, tandis que dans la gauche il serrait une cravate de soie rouge et noire, que la servante reconnut au premier coup d'œil pour être celle que portait, la veille au soir, l'étranger signalé auprès de l'écurie.

« Hunter, lorsqu'il reprit ses sens, déclara également de la façon la plus formelle que c'était bien la cravate de cet homme. Il affirmait de plus que l'individu en question avait dû profiter de sa station près de la fenêtre pour droguer le plat de mouton au carry dans le dessein de priver l'écurie de son gardien.

« Quant au cheval qui manquait, on voyait aux nombreuses traces qu'il avait laissées dans la boue au fond de cette fatale cuvette, qu'il avait bien été là au moment de l'attentat ; mais il avait disparu, et depuis ce jour, malgré toutes les récompenses promises, malgré toutes les recherches opérées par les bohémiens du Dartmoor, qui se sont immédiatement mis en quête, on n'en a pas eu la moindre nouvelle.

« Enfin, en analysant ce qui restait du souper du lad, on y a constaté la présence d'une quantité considérable d'opium en poudre, bien que les gens de la maison, qui, ce soir-là, avaient mangé du même plat, n'en eussent ressenti aucun effet fâcheux.

« Tels sont les faits, dans toute leur simplicité, et abstraction faite des conjectures auxquelles on peut se livrer. Je vais maintenant résumer le rôle joué jusqu'ici par la police.

« L'inspecteur Gregory, auquel cette affaire a été confiée, est un agent d'une réelle valeur. S'il était seulement un peu mieux doué sous le rapport de l'imagination, il serait appelé à un brillant avenir dans sa profession. Dès son arrivée, il découvrit l'homme sur lequel pesaient naturellement tous les soupçons, et l'arrêta ; il n'eut guère de mérite à cela, car cet individu était parfaitement connu dans les environs. Il s'appelle, paraît-il, Fitzroy Simpson, appartient à une famille honorable, a reçu une bonne éducation, mais a dissipé toute sa fortune sur les champs de courses ; aussi est-il devenu maintenant une sorte de bookmaker élégant et vit-il en exerçant tranquillement ce métier dans les clubs de Londres où l'on s'occupe de ce sport. Un examen de son livre de paris a démontré qu'il était engagé pour plus de cent mille francs contre le favori du Wessex Cup.

« Au moment de son arrestation, il avoua de lui-même être venu dans le Dartmoor avec l'espoir de se procurer quelques renseignements sur les chevaux de King's Pyland et aussi sur Desborough, le second favori dans la course, qui est sous la direction de Silas Brown à l'établissement de Capleton. Il n'essaya pas de nier qu'il avait agi, le soir précédent, comme les témoins le déclaraient, et se contenta d'affirmer qu'il n'avait jamais eu aucun dessein criminel et que son seul but avait été de se procurer, à la source même, des renseignements certains. Mais lorsqu'on lui représenta sa cravate, il devint très pâle et ne put arriver à expliquer comment elle se trouvait entre les mains de la victime. Ses vêtements étaient encore mouillés et prouvaient qu'il s'était trouvé dehors la nuit précédente pendant l'orage ; enfin sa canne, un gros gourdin en bois des Indes, plombé à son extrémité, semblait être précisément l'arme avec laquelle on avait pu, au moyen de coups répétés, occasionner les terribles blessures auxquelles avait succombé l'entraîneur.

« D'un autre côté, le sang dont était couvert le couteau de Straker montrait qu'au moins un de ses agresseurs devait porter les marques de la lutte qui avait eu lieu ; or, on n'a pas découvert sur la personne de Simpson la moindre trace de blessure…

« Vous voyez, Watson, que vous tenez maintenant dans le creux de votre main tous les faits révélés par l'enquête ; si vous vous trouviez en mesure de me donner quelques éclaircissements, vous me rendriez vraiment service. »

J'avais écouté avec la plus grande attention l'exposé qu'Holmes venait de me faire avec cette clarté si caractéristique chez lui. Quoique la plupart des faits me fussent déjà connus, je n'avais pas jusque-là suffisamment apprécié l'importance relative qu'ils pouvaient avoir entre eux et les liens qui les rattachaient l'un à l'autre.

– Ne serait-il pas possible d'admettre, suggérai-je, que la blessure constatée sur le cadavre de Straker a été produite par son propre couteau, au milieu des convulsions dans lesquelles se débattent toujours les individus dont le cerveau a été atteint ?

– C'est plus que possible, c'est même probable, répondit Holmes. Dans ce cas, l'un des arguments qui plaident le plus en faveur de l'inculpé vient à disparaître.

– Et cependant, dis-je, même maintenant, je ne vois pas bien quelle peut être la version adoptée par la police.

– Je crains bien que toutes les versions possibles ne prêtent à de sérieuses objections, reprit mon compagnon. Voici, d'après moi, ce que doit croire la police. Fitzroy Simpson s'était procuré d'une manière quelconque une double clef de l'écurie ; après avoir donné au lad un narcotique, il a ouvert la porte et, sans prendre la peine de la refermer, a emmené le cheval avec l'intention évidente de le faire disparaître ; il a dû mettre à Silver Blaze sa bride, car on ne l'a pas retrouvée. – Pendant qu'il traversait la lande avec le cheval, l'entraîneur l'a ou rencontré, ou surpris. Naturellement, il y a eu dispute, et Simpson, avec son gros gourdin, a assommé son malheureux adversaire sans avoir reçu aucune blessure du petit couteau qu'avait tiré Straker pour se défendre ; ensuite, de deux choses l'une : ou le voleur a conduit le cheval dans une cachette, dans laquelle celui-ci est resté caché depuis lors, ou il l'a laissé échapper pendant la lutte, et l'animal se promène maintenant à travers la lande. Voilà comment la police doit envisager l'affaire, et, malgré les nombreuses improbabilités que renferme cette version, toute autre en présente bien plus encore. Enfin quand je serai sur les lieux, je saurai bien vite à quoi m'en tenir ; mais jusque-là je ne vois pas comment nous pourrions parvenir à y voir plus clair.

La journée touchait à sa fin lorsque nous arrivâmes à la petite ville de Tavistock, qui se trouve plantée au centre du Dartmoor comme une bosse au milieu d'un bouclier. Deux personnes nous attendaient à la gare : l'une était un grand homme blond aux yeux bleu clair d'une pénétration singulière, mais avec des cheveux et une barbe qui le faisaient ressembler à un lion ; l'autre, petit, vif, très fringant dans sa mise soignée vêtu d'une redingote et d'une culotte se terminant par des guêtres, portait des petits favoris parfaitement peignés et avait un monocle dans l'œil. Ce dernier était le colonel Ross, le sportsman bien connu ; l'autre, l'inspecteur Gregory, un homme en train de faire rapidement son chemin dans la police anglaise.

– Je suis enchanté de vous voir, monsieur Holmes, dit le colonel. M. l'inspecteur a fait tout ce qu'il était humainement possible de faire ; mais je compte ne reculer devant rien pour venger ce pauvre Straker et pour retrouver mon cheval.

– Avez-vous découvert quelque chose de nouveau ? demanda Holmes à Gregory.

– Hélas ! je dois avouer que nous avons fait bien peu de progrès, répondit l'inspecteur. Mais nous avons là une voiture découverte, et comme je pense que vous désirez examiner les lieux avant qu'il fasse nuit, nous pourrions, si vous le voulez bien, causer de tout cela en route.

Un instant après nous étions tous assis dans un confortable landau et nous roulions dans les rues de cette petite ville du Devonshire, si vieille et si pittoresque. L'inspecteur Gregory était plein de son sujet, et il se mit à défiler tout un chapelet de remarques, tandis qu'Holmes l'interrompait de temps à autre, soit par une question, soit par une exclamation. Le colonel Ross se tenait renversé en arrière, les bras croisés et son chapeau rabattu sur les yeux; quant à moi, j'écoutais de toutes mes oreilles les paroles qui s'échangeaient entre les deux policiers. Gregory était en train de formuler ses théories, et elles se trouvaient être presque mot pour mot ce que Holmes avait prévu en chemin de fer.

– Toutes les mailles du filet se resserrent sur Fitzroy Simpson, dit-il, et pour mon compte, je crois que nous tenons bien le vrai coupable. Néanmoins, je reconnais que nous ne nous basons que sur des probabilités, et que de nouvelles découvertes peuvent tout modifier.

– Quel est votre avis au sujet du coup de couteau dont Straker porte la trace ?

– Nous sommes absolument convaincus qu'il a dû se blesser lui-même en tombant.

– Mon ami, le docteur Watson, a eu la même idée et m'en a fait part pendant le voyage. S'il en était ainsi, cela serait une charge de plus contre ce Simpson.

– Sans aucun doute. Il n'a pas de couteau lui-même, et on n'a retrouvé sur lui aucune blessure. Voyez, du reste, toutes les apparences l'accusent. Il avait un très grand intérêt à ce que le cheval disparût, il semble bien probable qu'il a endormi le garçon d'écurie, il était encore dehors, nous en sommes certains, au moment de l'orage, il était armé d'une canne plombée, enfin sa cravate a été trouvée dans la main de la victime. Je crois vraiment qu'en voilà assez pour le faire comparaître devant le jury.

Holmes secoua la tête :

– Un avocat habile réduirait tout cela à néant. Pourquoi aurait-il fait sortir le cheval de l'écurie ? S'il voulait lui faire du mal, ne le pouvait-il pas sans cela ? A-t-on trouvé sur lui une double clef ? Quel est le pharmacien qui lui a vendu l'opium en poudre ? Et surtout dans quel endroit, lui qui est étranger au pays, aurait-il réussi à cacher le cheval, et un cheval pareil encore ?… Mais quelle est l'explication qu'il donne au sujet de ce papier qu'il avait demandé à la servante de remettre au lad ?

– Il prétend que c'était un billet de dix livres sterling, et le fait est qu'on en a trouvé un dans son porte-monnaie. Mais vos objections ne sont pas aussi sérieuses qu'elles en ont l'air. Simpson n'est pas étranger au pays, car il a passé deux étés à Tavistock. Pour l'opium, il l'a probablement apporté de Londres. La clef, il a pu s'en débarrasser après s'en être servi. Enfin le cheval peut avoir été précipité au fond d'un de ces anciens puits de mine qui existent encore dans la lande.

– Et que dit-il à propos de la cravate ?

– Il reconnaît que c'est bien la sienne et prétend l'avoir perdue. Mais nous avons relevé un nouveau fait qui peut très bien se rapporter à la façon dont il aurait fait disparaître Silver Blaze.

Holmes dressa l'oreille.

– Nous avons trouvé des traces prouvant qu'un campement de bohémiens était établi lundi soir à deux kilomètres de l'endroit où le crime a été commis. Mardi, ils avaient disparu. Maintenant, si nous supposons qu'il y avait entente entre Simpson et ces bohémiens, n'était-il pas en train de leur amener le cheval au moment où il a été surpris, et ces gens-là ne le détiennent-ils pas à l'heure qu'il est ?

– C'est évidemment très possible.

– On bat toute la lande pour retrouver cette bande. De mon côté, j'ai visité toutes les écuries, tous les bâtiments, dans un rayon de quinze kilomètres.

– Il y a bien un autre établissement d'entraînement dans le voisinage, n'est-ce pas ?

– Oui, et c'est un facteur qui n'est certainement pas à négliger. Leur cheval, Desborough, occupait la seconde place à la cote dans le Wessex

Cup ; ils avaient donc grand intérêt à voir disparaître le premier favori. On sait, de plus, que Silas Brown, l'entraîneur, a fait de gros paris sur la course, et il était loin d'être en bons termes avec le pauvre Straker. Nous avons, cependant, exploré l'écurie, et nous n'avons relevé aucun indice intéressant.

– Et rien non plus qui puisse faire croire que ce Simpson avait des relations d'intérêts avec l'écurie de Capleton ?

– Non, absolument rien.

Holmes se renversa dans la voiture, et la conversation cessa. Quelques minutes plus tard, nous nous arrêtions devant une jolie petite villa construite en briques rouges, aux toits débordants, à l'aspect propret, et qui était située au bord de la route. Un peu plus loin, au milieu d'un paddock, se trouvait un long bâtiment couvert en tuiles grises. De tous les autres côtés, la lande s'étendait, légèrement ondulée, empruntant aux fougères mortes une teinte bronzée, et n'offrant aux regards rien qui vînt couper cet horizon monotone, si ce n'est, d'un côté, les clochers de Tavistock et, à l'ouest, le petit groupe de constructions qui constituaient l'établissement de Capleton. Nous mîmes tous pied à terre, à l'exception d'Holmes, qui, absorbé par ses pensées, restait étendu dans la voiture, les yeux immobiles et fixés sur le ciel. Ce fut seulement lorsque je lui eus touché le bras qu'il se leva en sursaut et descendit à son tour.

– Excusez-moi, dit-il en se tournant vers le colonel Ross, qui le regardait avec surprise. Je rêvais tout éveillé.

Une flamme brillait dans ses yeux, et, habitué comme je l'étais à ses manières, je reconnaissais chez lui une excitation comprimée qui prouvait qu'il touchait du doigt la clef de l'énigme, bien que, pour mon compte, je fusse incapable de deviner ce qui était venu l'éclairer tout d'un coup.

– Peut-être, monsieur Holmes, désirez-vous vous rendre tout d'abord sur le théâtre du crime ? dit Gregory.

– Je crois qu'il vaut mieux que je commence par m'arrêter ici et par y étudier un ou deux petits détails. Le corps de Straker a bien été rapporté dans la maison, n'est-ce pas ?

– Oui, il est déposé en haut ; l'autopsie aura lieu demain.

– N'était-il pas depuis plusieurs années à votre service, colonel Ross ?

– Parfaitement, et je n'ai jamais eu qu'à me louer de lui.

– Je pense, monsieur l'inspecteur, que vous avez fait un inventaire de ce qu'il avait dans ses poches au moment de sa mort ?

– J'ai mis tout cela dans le salon, et si vous avez envie de le voir…

– Oui, j'en serais bien aise…

Nous entrâmes dans la première pièce et nous nous assîmes autour de la table du milieu. L'inspecteur prit alors une petite boîte de fer-blanc fermée à clef et en sortit quelques objets qu'il étala devant nous. Il y avait une boîte d'allumettes de cire, un bout de bougie, une pipe en racine de bruyère, une blague en loutre contenant une once de tabac Cavendish, une montre d'argent munie d'une chaîne en or, cinq pièces d'or, un porte-crayon en aluminium, divers papiers, enfin un couteau à manche d'ivoire dont la lame, très fine, et sans charnière, portait la marque Weiss and Co., London.

– Voici un couteau bien bizarre, dit Holmes en le prenant et en l'examinant attentivement. Je suppose, en voyant ces taches de sang, que c'est celui que le malheureux avait encore dans la main quand on a retrouvé son cadavre. Watson, regardez-le donc ; car il rentre bien certainement dans votre spécialité.

– Oui, dis-je, c'est ce que nous appelons un couteau à cataracte.

– Je m'en doutais. C'est une lame très mince destinée à des opérations éminemment délicates. Étrange objet à emporter lorsqu'on se lance dans une expédition hasardeuse, d'autant plus que, ce couteau ne se refermant pas, il n'est pas commode à porter dans la poche.

– La pointe en était protégée par un bouchon que nous avons retrouvé à côté du cadavre, interrompit l'inspecteur. Mrs. Straker nous a dit que cette lame traînait depuis plusieurs jours sur la table de toilette, et que son mari l'avait prise au moment de sortir. C'était une pauvre arme assurément, mais c'était peut-être encore la meilleure qu'il eût sous la main.

– C'est bien possible. Et qu'est-ce que c'est que tous ces papiers ?

– Trois d'entre eux sont des factures acquittées de marchands de fourrage, un autre est une lettre dans laquelle le colonel Ross envoie ses instructions ; enfin ce dernier est une note d'une Mme Lesurier, couturière, Bond Street, au nom de M. William Darbyshire, et se montant à la somme de 1 943 fr. 75. Mrs. Straker nous a dit que ce Darbyshire était un ami de son mari qui se faisait quelquefois adresser ses lettres ici.

– Mme Darbyshire a des goûts plutôt dispendieux, remarqua Holmes en jetant un coup d'œil sur la facture ; 1.000 francs pour un seul costume, c'est raide ! Quoi qu'il en soit, il me semble qu'il ne nous reste plus rien à apprendre ici, et nous pouvons nous rendre à l'endroit où le crime a été commis.

Au moment où nous sortions du salon, une femme qui nous guettait au passage fit un pas en avant et mit la main sur le bras de l'inspecteur ; sa figure pâle et amaigrie, ses yeux hagards, tout prouvait qu'elle était sous le coup d'une terreur récente.

– Les avez-vous découverts ? Les tenez-vous ? demanda-t-elle haletante.

– Non, mistress Straker ; mais M. Holmes, que voici, est venu de Londres pour nous aider, et nous ferons certainement tout ce qui sera en notre pouvoir.

– Mais… mistress Straker, ne vous ai-je pas rencontrée il y a quelque temps à une garden-party à Plymouth ? dit Holmes.

– Non, monsieur, vous devez vous tromper.

– Ah ! vraiment ? Pourtant je l'aurais bien juré. Voyons, ne portiez-vous pas ce jour-là une robe de soie gorge de pigeon avec une garniture en plumes d'autruche ?

– Je n'ai jamais eu pareille robe, monsieur.

– Ah ! alors, il n'y a plus de doute, je me suis trompé.

Et, après avoir fait agréer ses excuses, il sortit derrière l'inspecteur.

Nous n'eûmes qu'un court trajet à faire à travers la lande pour arriver à la dépression de terrain où on avait retrouvé le cadavre. Sur le bord, nous vîmes la touffe d'ajoncs à laquelle s'était accroché le manteau de l'entraîneur.

– Il n'y avait pas de vent cette nuit-là, n'est-ce pas ? demanda Holmes.

– Non, mais il pleuvait très fort.

– Dans ce cas le pardessus n'a pas été emporté par le vent sur ce buisson, mais il a dû y être déposé.

– Oui, il était étendu au-dessus.

– C'est d'un intérêt capital. Je vois là que le sol a été très fortement piétiné ; sans doute il y a eu bien des traces faites depuis lundi soir ?

– J'ai fait placer à côté cette natte que vous voyez et nous sommes toujours restés dessus.

– Parfait.

– Voici un sac dans lequel j'ai une des bottines que portait Straker, un des souliers de Fitzroy Simpson et un vieux fer de Silver Blaze.

– Mon cher inspecteur, vous vous surpassez !

Holmes prit le sac, et, descendant dans le creux, poussa la natte de façon à la placer plus au centre. Puis, se couchant à plat ventre, il appuya son menton sur ses deux mains et se mit à étudier de la façon la plus minutieuse la boue piétinée qu'il avait sous les yeux.

– Oh, oh ! dit-il tout à coup, qu'est-ce que c'est que cela ? – Et il nous montra une allumette de cire à moitié consumée, mais tellement recouverte de boue qu'elle semblait à première vue n'être qu'une brindille de bois.

– Je ne sais pas comment cela a pu m'échapper, dit l'inspecteur d'un air un peu vexé.

– Il était impossible de l'apercevoir, enfoncée comme elle était dans la boue ; je ne l'ai vue que parce que je la cherchais.

– Quoi ! vous vous attendiez à la trouver là ?

– Cela me semblait au moins probable.

Holmes retira alors les chaussures du sac et compara les empreintes de chacune d'elles avec les traces imprimées sur le sol. Puis il grimpa sur le rebord de la cuvette et se mit à ramper à travers les fougères et les buissons.

– Je crains que vous ne releviez pas d'autres indices, dit l'inspecteur. J'ai moi-même examiné le sol avec le plus grand soin dans un rayon de deux cents mètres à la ronde.

– Vraiment ! dit Holmes en se relevant. Dans ce cas, je ne serai pas assez présomptueux pour recommencer ce que vous avez déjà fait. Seulement, avant qu'il fasse nuit, je voudrais me promener un peu dans la lande, de façon à bien reconnaître mon terrain pour demain, et je vais mettre ce fer à cheval dans ma poche pour me porter bonheur.

Le colonel Ross, qui avait montré quelques signes d'impatience en voyant la façon calme et systématique dont travaillait mon compagnon, jeta un coup d'œil sur sa montre.

– Je serais bien aise que vous reveniez avec moi, monsieur l'inspecteur, dit-il. Il y a plusieurs choses sur lesquelles je voudrais vous consulter, et particulièrement sur un point : je me demande si mon devoir vis-à-vis du public ne me commande pas de retirer dès maintenant Silver Blaze du Wessex Cup.

– Jamais de la vie ! s'écria Holmes sur un ton de protestation énergique ; il faut laisser subsister l'engagement.

Le colonel s'inclina :

– Je suis très heureux, monsieur, que vous ayez bien voulu me donner votre opinion. – Lorsque vous aurez terminé votre promenade, vous nous trouverez dans la maison de ce pauvre Straker et la voiture pourra nous ramener à Tavistock.

Il s'éloigna avec l'inspecteur, tandis qu'Holmes et moi nous nous mettions à marcher lentement à travers la lande. Le soleil commençait à disparaître derrière les bâtiments de Capleton, et devant nous la longue plaine s'inclinait en pente douce, teintée, ici d'or vif, là d'un brun chaud et coloré, selon que les rayons du soleil couchant tombaient sur les fougères mortes ou sur les buissons de ronces. Mais les beautés du paysage restaient perdues pour mon compagnon qui semblait plongé dans une profonde méditation.

– Voici ce que nous avons à faire, Watson, dit-il enfin. Laissons de côté pour l'instant la question de savoir quel est l'assassin de John Straker, et bornons-nous à rechercher ce qu'est devenu Silver Blaze. Eh bien ! en supposant qu'il se soit échappé pendant la lutte, ou bien plus tard, où peut-il être allé ? Le cheval est un animal éminemment sociable ; si celui-ci avait été livré à lui-même, son instinct l'aurait poussé soit à revenir à King's Pyland, soit à se diriger vers Capleton. Comment croire qu'il soit resté à errer dans la lande ? On l'aurait certainement déjà aperçu. Comment admettre que les bohémiens l'aient emmené ? Ces gens-là disparaissent toujours dès qu'ils apprennent qu'il s'est passé quelque mauvaise affaire, car ils n'ont aucune envie d'avoir maille à partir avec la police ; mais qu'est-ce que cela prouve ? Ils ne pouvaient espérer vendre un cheval comme celui-là ; en le prenant, ils étaient donc sûrs de courir de très grands risques sans avoir le moindre avantage en perspective. N'est-ce pas clair ?

– Alors, où peut-il être, cet animal ?

– Je viens de vous dire qu'il avait dû se diriger soit vers King's Pyland, soit vers Capleton. Puisqu'il n'est pas à King's Pyland, il doit être à Capleton. Prenons cette hypothèse comme point de départ, et voyons où elle nous mène. Cette partie de lande, ainsi que l'a fait observer l'inspecteur, est très sèche et très dure. Mais, vers Capleton, le terrain s'incline, et vous pouvez voir d'ici qu'il existe là-bas une longue dépression dont le sol a dû être détrempé lundi soir. Si notre supposition est exacte, le cheval l'a traversé et c'est là que nous devons rechercher ses traces.

Nous nous mîmes à marcher plus vite, et en quelques minutes nous arrivions au bord de la dépression que nous avions remarquée. Holmes me demanda de longer la pente de droite, tandis que lui-même inspecterait celle de gauche ; je n'avais pas fait cinquante pas que je l'entendis pousser une exclamation et que je le vis me faire signe avec la main. À l'endroit où il se trouvait, le sol était mou, et l'on distinguait très nettement les pas d'un cheval. Holmes prit dans sa poche le fer de Silver Blaze, et nous pûmes constater qu'il correspondait parfaitement aux empreintes que nous avions devant nous.

– Voyez un peu à quoi sert l'imagination, dit Holmes. C'est la seule qualité qui manque à Gregory. Mais nous, nous sommes partis d'une simple hypothèse pour imaginer ce qui avait pu arriver, et nous trouvons nos conjectures pleinement justifiées. Continuons.

Nous traversâmes un fond marécageux, et ensuite, pendant cinq cents mètres environ, nous cheminâmes sur un terrain sec et durci. Là, nouvelle dépression de terrain et de nouveau aussi nous rencontrâmes les traces du cheval. Puis elles disparurent pendant sept ou huit cents mètres, mais pour apparaître encore une fois tout près de Capleton. Ce fut Holmes qui les retrouva le premier, et il s'arrêta en me les montrant avec un regard de triomphe ; à côté des pas du cheval, ceux d'un homme étaient parfaitement visibles.

– Le cheval était seul jusqu'ici, m'écriai-je.

– Précisément ; dans le principe, il était seul. Hé ! mais, qu'est-ce que je vois là ?

La double piste tournait brusquement en faisant un angle aigu et semblait reprendre le chemin de King's Pyland. Nous nous mîmes à la suivre ; Holmes ne la quittait pas des yeux et sifflotait entre ses dents ; mais il m'arriva par hasard de regarder un peu de côté, et, à ma grande surprise, j'aperçus les mêmes empreintes qui revenaient dans la direction opposée.

– Un bon point, Watson, dit Holmes lorsque je les lui montrai ; vous nous avez épargné une longue promenade qui nous eût ramenés sur nos pas. Reprenons la voie dans ce sens.

Nous n'eûmes pas à aller bien loin. Les traces s'arrêtaient à la bordure d'asphalte qui s'étendait devant la grille des écuries de Capleton. Comme nous nous en approchions, un groom se précipita au-devant de nous.

– Nous ne voulons pas de curieux par ici ! cria-t-il.

– Un mot seulement, répondit Holmes en plongeant ses doigts dans la poche de son gilet. Si je venais ici demain à cinq heures du matin, serait-ce de trop bonne heure pour parler à votre maître, M. Silas Brown ?

– Grand Dieu, non, monsieur. Si quelqu'un est debout à cette heure-là, c'est bien lui ; car il est toujours le premier levé. Mais le voici, et il pourra vous répondre lui-même… Non, monsieur, non, merci ; si on me voyait accepter votre argent, je ne ferais pas long feu ici ; plus tard, si vous voulez bien.

Comme Sherlock Holmes remettait dans son gousset la pièce d'or qu'il en avait tirée, un homme d'un certain âge, à l'aspect brutal, franchit la grille en balançant son fouet de chasse d'un air menaçant.

– Qu'est-ce que c'est, Dawson ! cria-t-il. Pas de bavardage, et au travail ! Quant à vous autres, qu'est-ce que le diable vous amène faire ici ?

– Causer dix minutes avec vous, mon cher monsieur, répondit Holmes de sa voix la plus douce.

– Je n'ai pas le temps de parler ainsi au premier venu. Nous ne voulons pas d'étranger chez nous. Filez, ou je vous lâche mon chien dans les jambes.

Holmes se pencha à l'oreille de l'entraîneur et lui murmura quelques mots. L'homme tressaillit fortement et devint rouge jusqu'aux oreilles.

– C'est un mensonge, s'écria-t-il, un infâme mensonge !

– Comme vous voudrez. Désirez-vous donc que nous éclaircissions la chose en public ou bien préférez-vous que nous en parlions tranquillement dans votre bureau ?

– Oh ! après tout, entrez si vous voulez.

Holmes sourit :

– Je ne vous ferai pas attendre plus de quelques minutes, Watson, me dit-il ; maintenant, monsieur Brown, me voici tout à vous.

Les teintes rougeâtres du ciel s'étaient déjà changées en un gris sombre, et vingt bonnes minutes s'étaient écoulées avant qu'Holmes et l'entraîneur reparussent. Jamais je n'ai vu en si peu de temps un changement semblable à celui qui s'était produit chez Silas Brown. Il était pâle comme la mort, de grosses gouttes de sueur perlaient sur son front, et ses mains tremblaient tellement que son fouet de chasse était aussi agité qu'une branche secouée par le vent ; son attitude insolente et brutale avait disparu, pour faire place à celle d'un chien battu qui suit son maître.

– Vos ordres seront exécutés, monsieur ; ce sera fait, je vous le promets, disait-il.

– Pas de malentendu, n'est-ce pas ? reprit Holmes, en jetant un regard autour de lui.

L'autre tressaillit en lisant une menace dans les yeux de mon ami.

– Oh ! certainement non, il n'y aura pas de malentendu : il sera là. Faudra-t-il que je le nettoie avant ?

Holmes réfléchit un instant et puis se mit à rire :

– Non, n'y changez rien, dit-il. D'ailleurs, je vous écrirai à ce sujet, mais ne cherchez pas à me jouer un vilain tour, ou sans cela…

– Oh ! soyez tranquille, monsieur, soyez bien tranquille…

– Vous aurez à le surveiller tout le temps, comme s'il vous appartenait.

– Allez, vous pouvez compter sur moi.

– J'y compte, en effet. – Eh bien ! vous aurez de mes nouvelles demain. – Là-dessus, il pivota sur ses talons sans faire semblant de voir la main tremblante que l'autre lui tendait, et nous reprîmes le chemin de King's Pyland.

– J'ai rarement rencontré un assemblage plus complet d'arrogance, de lâcheté et de bassesse que chez maître Silas Brown, remarqua Holmes.

– Il a le cheval, alors ?

– Il a commencé par vouloir le prendre de très haut avec moi, mais je lui ai détaillé d'une façon si complète tout ce qu'il avait fait ce matin qu'il a été convaincu que je l'avais épié. Vous avez naturellement remarqué que les empreintes relevées par nous étaient celles de chaussures à bouts très carrés exactement semblables aux bottines qu'il porte. D'ailleurs, aucun sous-ordre n'aurait eu le toupet de faire un coup pareil. Je lui ai raconté comment, s'étant levé le premier selon son habitude, il avait aperçu un cheval errant dans la lande, comment il s'était dirigé vers lui et quel avait été son étonnement en reconnaissant, à l'étoile blanche qu'il a au front, – et d'où lui est venu son nom, – le célèbre Silver Blaze. Le hasard lui livrait ainsi le seul cheval capable de battre celui qui portait son argent ; alors son premier mouvement a bien été de ramener le crack à King's Pyland, mais, le diable s'en mêlant, il a réfléchi qu'il lui était facile de cacher le cheval jusqu'à ce que la course ait été courue, et, au lieu de le rendre, il l'a gardé à Capleton. Lorsque je lui eus donné tous ces détails, il s'est bien vu forcé d'avouer et n'a plus songé qu'à s'en tirer au meilleur compte possible.

– Mais ses écuries avaient été visitées ?

– Oh ! un vieux maquignon comme lui a plus d'un tour dans son sac.

– Ne craignez-vous donc rien en laissant encore le cheval chez lui, puisqu'il a tout intérêt à lui faire arriver un accident ?

– Mon cher ami, il le surveillera comme la prunelle de ses propres yeux ; il sait trop bien que la seule chance qui reste pour qu'on lui pardonne est d'amener le cheval en parfait état.

– Le colonel Ross ne m'a pas fait l'effet d'un homme à pardonner facilement en aucun cas.

– Cela ne regarde pas le colonel Ross. J'agis à ma guise et ne raconterai que ce que je veux. Voilà l'avantage de n'être pas un agent officiel. Je ne sais, Watson, si vous avez remarqué que le colonel m'avait traité d'une façon plutôt cavalière ; aussi j'ai bien envie maintenant de m'égayer un peu à ses dépens. Ne lui dites donc rien au sujet du cheval.

– Parfaitement, je ne parlerai pas sans votre consentement.

– Mais tout cela est évidemment bien peu de chose à côté du meurtre de John Straker et de la découverte de son assassin.

– Et c'est maintenant à quoi vous allez vous consacrer ?

– Au contraire, nous allons reprendre tous deux ce soir le même train pour Londres.

À ces mots, je restai confondu. Comment, nous n'avions passé que quelques heures dans le Devonshire, nos recherches avaient débuté de la façon la plus brillante, et nous allions maintenant tout planter là ? C'était pour moi incompréhensible.

Il me fut impossible d'arracher une parole de plus à mon compagnon jusqu'à notre retour à la maison de l'entraîneur. Le colonel et l'inspecteur nous attendaient dans le salon.

– Mon ami et moi, nous rentrons à Londres par le train de minuit, dit Holmes. Nous venons de faire une charmante petite promenade, et cet air pur de Dartmoor est vraiment délicieux à respirer.

L'inspecteur ouvrit de grands yeux, et le colonel esquissa un sourire ironique.

– Ainsi donc vous désespérez d'arrêter l'assassin du pauvre Straker ? demanda-t-il.

Holmes haussa les épaules :

– Nous nous heurtons certainement à des difficultés sérieuses, dit-il. J'ai cependant bon espoir de voir votre cheval partir mardi, et je vous demande de tenir votre jockey tout prêt… Pourrais-je avoir une photographie de John Straker ?

L'inspecteur prit une enveloppe dans sa poche et la tendit à Holmes.

– Mon cher Gregory, vous prévenez tous mes désirs. Voulez-vous être assez aimable pour m'attendre un instant ? J'aurais une question à poser à la servante.

– Je dois avouer que votre amateur de Londres ne répond guère à mon attente, dit le colonel Ross d'un air de mauvaise humeur, dès qu'Holmes fut sorti, et je ne vois pas que nous soyons beaucoup plus avancés qu'avant.

– Dans tous les cas, fis-je, vous avez l'assurance que votre cheval partira.

– Oui, j'ai son assurance, repartit le colonel en haussant les épaules ; je préférerais avoir le cheval.

J'allais prendre la défense de mon ami, lorsque celui-ci rentra.

– Eh bien ! messieurs, dit-il, me voilà prêt à partir pour Tavistock.

Un des garçons d'écurie tenait la portière de la voiture ouverte. Au moment d'y monter, Holmes sembla frappé d'une idée subite, et prenant le lad par le bras :

– Vous avez là, dans le paddock, quelques moutons, lui dit-il ; qui est-ce qui en prend soin ?

– C’est moi, monsieur.

– N’avez-vous pas remarqué parmi eux quelque chose d’extraordinaire, ces jours-ci ?

– Mon Dieu, monsieur, pas grand’chose, si ce n’est qu’il y en a trois qui sont tombés boiteux.

Je vis que Sherlock Holmes était parfaitement satisfait de cette réponse, car il se mit à rire en dedans et en se frottant les mains.

– Bien visé, Watson, en plein dans le noir, dit-il en me pinçant le bras. Gregory, permettez-moi d’appeler votre attention sur cette épidémie bizarre sur les moutons… Allez, cocher !

Le colonel témoignait clairement par l’expression de son visage de la pauvre opinion que les talents de mon compagnon continuaient à lui produire ; mais je vis, à la figure de l’inspecteur, que cette dernière observation l’avait sérieusement intrigué.

– Vous considérez cela comme une chose importante ? demanda-t-il.

– Très importante.

– Y a-t-il quelque autre point sur lequel vous désireriez attirer mon attention ?

– Sur la manière étrange dont le chien s’est comporté la nuit du meurtre.

– Mais le chien n’a rien fait.

– C’est précisément là ce qui est étrange, répondit Holmes.

. . . .

Quatre jours plus tard, Sherlock Holmes et moi, nous prenions encore le train, pour aller cette fois à Winchester, assister à la grande course du Wessex Cup. Le colonel Ross nous attendait devant la gare, ainsi que cela avait été convenu, et il nous fit monter dans sa voiture pour nous mener au champ de courses, situé en dehors de la ville. Sa figure était sérieuse et ses manières plus que froides.

– Je n'ai pas aperçu trace de mon cheval, dit-il.

– Je pense que vous l'auriez reconnu si vous l'aviez vu ? demanda Holmes.

Le colonel s'emporta :

– Voilà vingt ans que je m'occupe de courses, et c'est la première fois qu'on ose m'adresser une pareille question ! Un enfant reconnaîtrait Silver Blaze à l'étoile blanche qu'il porte au front et à sa balzane antérieure !

– Comment est la cote ?

– Eh bien, c'est là ce qui est étrange ! Vous auriez pu avoir mon cheval hier à quinze contre un ; mais la cote baisse de plus en plus, et maintenant c'est à peine si on le donne à trois.

– Hum ! murmura Holmes. Il y a quelqu'un qui sait à quoi s'en tenir, c'est clair.

Au moment où la voiture entrait dans l'enceinte et se rangeait en face des tribunes, je jetai un coup d'œil sur le programme.

Le voici :

WESSEX PLATE : poule de 1 250 francs (moitié forfait) ajoutée à un prix de 25 000 francs, pour chevaux de quatre et cinq ans. – 7 500 francs au second ; – 5 000 francs au troisième. – Nouvelle piste, 2 400 mètres.

Nos	NOMS des Propriétaires.	NOMS des Chevaux.	COULEURS
1.	M. Heath Newton.	The Negro .	Casaque giroflée, toque rouge.
2.	Colonel Wardlaw .	Pugilist	Casaque bleue et blanche, toque rose.
3.	Lord Backwater .	Desborough.	Casaque blanche, manche et toque jaunes.
4.	Colonel Ross	Silver Blaze.	Casaque rouge, toque noire.
5.	Duc de Balmoral .	Iris. . . .	Casaque rayée jaune et noir, toque idem.
6.	Lord Singleford .	Rasper . . .	Casaque blanche, manches noires, toque amarante.

– J'ai retiré mon second cheval, me fiant entièrement à votre promesse, dit le colonel… Mais qu'est-ce que je vois ? Silver Blaze favori !

– Quatre contre cinq Silver Blaze ! hurlait-on dans le ring ; quatre contre cinq Silver Blaze ! trois contre un Desborough ! cinq contre un le champ !

– Les numéros sont déjà affichés ! m'écriai-je. Les six chevaux partent !

– Tous les six ! Mais mon cheval part aussi ! dit le colonel au paroxysme de l'agitation. Cependant je ne le vois pas, mes couleurs ne sont pas là !

– Il n'y a que cinq chevaux qui soient sortis du pesage, ce doit être lui qui arrive maintenant !

Comme je disais ces mots, un splendide cheval bai entrait sur la piste et prenait son galop d'essai : il portait les couleurs bien connues du colonel Ross.

– Mais ce n'est pas mon cheval ! s'écria avec désespoir le propriétaire ; celui-ci n'a pas un seul poil blanc sur le corps ! Qu'est-ce que vous avez fait là, monsieur Holmes !

– Allons, allons, voyons seulement comment il se comportera, répondit mon ami avec le plus grand sang-froid, – Pendant quelques minutes, il regarda à travers ma lorgnette : – Parfait, départ excellent ! cria-t-il tout à coup… puis un peu après : – Les voilà ! ils arrivent au tournant !

De la voiture nous étions merveilleusement placés pour surveiller la ligne droite. Les six chevaux galopaient alors sous un mouchoir, mais, à la distance, la casaque blanche et jaune de l'écurie Capleton se montrait en tête ; cependant, avant d'arriver à notre hauteur, Desborough, qui avait déjà fait son effort, était battu, et le cheval du colonel, traversant le peloton comme une balle, passait le poteau à six bonnes longueurs devant lui, Iris, au duc de Balmoral, mauvais troisième.

– Quoi qu'il en soit, j'ai gagné la course, articula péniblement le colonel Ross, en passant la main sur son front, mais j'avoue que je n'y comprends absolument rien. Voyons, monsieur Holmes, ne trouvez-vous pas que le mystère ait duré assez longtemps ?

– Certainement, colonel, et je suis prêt à tout vous expliquer ; mais traversons d'abord la piste et allons examiner le cheval. Le voici, continua-t-il, tandis que nous nous frayons un passage pour pénétrer dans l'enceinte réservée aux propriétaires et à leurs amis. Vous n'avez qu'à laver sa tête et son membre antérieur avec de l'esprit-de-vin, et vous retrouverez votre vieux Silver Blaze tel que vous l'avez toujours connu.

– Et dire que je n'avais pas songé à cela ! C'est renversant !

– Je l'ai retrouvé entre les mains d'un maquignon, et j'ai pris la liberté de le laisser courir dans l'état où il était.

– Mon cher monsieur, tout ce que vous avez fait est merveilleux ! L'animal paraît être dans une condition splendide ; il n'a jamais mieux couru de sa vie. Je vous dois un million d'excuses pour avoir douté de votre talent. Quel service vous m'avez rendu en retrouvant mon cheval ! Maintenant, vous m'en rendriez un bien plus grand encore si vous pouviez mettre la main sur l'assassin de John Straker.

– C'est déjà fait, prononça Holmes avec calme.

Le colonel et moi, nous le regardâmes tous les deux avec la même stupéfaction :

– Vous le tenez ? Où est-il, alors ?

– Il est ici.

– Ici ? où ?

– Près de moi en ce moment.

Le colonel devint tout rouge de colère :

– Je reconnais parfaitement que je vous dois beaucoup, monsieur Holmes, dit-il ; mais faut-il considérer ce que vous venez de dire comme une détestable plaisanterie, ou comme une insulte personnelle ?

Sherlock Holmes éclata de rire : – Je vous prie de croire, colonel, que je n'ai pas songé un instant à vous considérer comme ayant participé au crime ; le véritable assassin est là, juste derrière vous.

Il recula d'un pas et passa la main sur l'encolure luisante du pur-sang.

– Quoi ! le cheval ? nous écriâmes-nous ensemble, le colonel et moi.

– Oui, le cheval ; seulement je dois alléguer, comme circonstance atténuante en sa faveur, qu'il se trouvait dans le cas de légitime défense, et que John Straker était un misérable, absolument indigne de votre confiance. – Mais j'entends la cloche, et, comme j'ai un peu d'argent engagé dans la course qui vient, permettez-moi d'attendre un moment plus propice pour vous donner des explications détaillées.

. . . .

Nous eûmes le soir, pour revenir à Londres, un compartiment réservé, et, grâce à Sherlock Holmes, le voyage dut paraître aussi court au colonel Ross qu'il le parut à moi-même ; nous étions suspendus à ses lèvres pendant qu'il nous racontait les événements dont le Dartmoor avait été le théâtre, ce lundi soir, et qu'il nous expliquait comment il avait réussi à les éclaircir.

– Je dois avouer, nous dit-il, que toutes les hypothèses que j'avais pu formuler d'après les journaux étaient absolument erronées. Et, cependant, j'aurais pu trouver là des indications très précises, si les points importants n'avaient pas été noyés dans une foule de détails superflus. Je partis donc pour le Devonshire avec la conviction que Fitzroy Simpson était le vrai coupable, tout en me rendant bien compte que les charges qui pesaient sur lui n'étaient, en aucune façon, décisives.

C'est en voiture, au moment d'arriver à la maison de l'entraîneur, que cette particularité du carry, avec lequel on avait assaisonné le mouton, me frappa tout d'un coup comme étant d'une importance capitale. Vous vous rappelez, peut-être, que j'étais absorbé au point d'être resté dans la voiture, après que vous en étiez tous descendus ; c'est que je me demandais à moi-même comment j'avais bien pu négliger une indication aussi importante.

– J'avoue, dit le colonel, que, même à présent, je ne vois pas bien en quoi cela pouvait vous servir.

– Ç'a été le premier anneau qui m'a permis de reconstituer ensuite toute la chaîne des faits. L'opium en poudre a une saveur bien prononcée ; l'arôme n'en est pas désagréable, mais est néanmoins parfaitement perceptible. Si on en mettait dans un ragoût ordinaire, celui qui en mangerait s'en apercevrait et, sans aucun doute, laisserait là le plat. Le carry se trouve justement être le condiment qui permet de déguiser le goût de l'opium. Or, il était impossible d'admettre qu'un étranger, comme Fitzroy Simpson, ait trouvé le moyen de faire servir du carry à la table de l'entraîneur précisément ce soir-là ; comment, d'un autre côté, supposer qu'il y ait eu simplement coïncidence, et que Simpson ait eu la bonne fortune d'arriver avec son opium le jour même où ce narcotique devait passer inaperçu, grâce à la nature du plat servi ? C'était inadmissible. Simpson se trouvait, par là même, hors de cause, et mon attention devait se reporter tout entière sur Straker et sur sa femme, les deux seules personnes qui aient été à même de faire entrer dans le menu de leur dîner ce carry de mouton. L'opium avait été versé après que le repas du garçon d'écurie avait été mis à part, puisque tous ceux qui ont mangé du même plat n'en ont éprouvé aucun effet fâcheux. Qui donc avait pu faire le coup sans que la servante s'en soit aperçue ?

Avant d'élucider cette question, j'avais été mis en éveil par le silence du chien ; car une déduction qui se confirme en amène forcément une autre. L'incident Simpson m'avait appris qu'il y avait un chien de garde dans l'écurie, et cependant plus tard, quoique quelqu'un y fût entré et eût emmené le cheval, ce chien n'avait pas aboyé assez fort pour éveiller les deux lads qui couchaient dans le grenier. Évidemment, le visiteur nocturne était quelqu'un que l'animal connaissait très bien.

Ma conviction était donc déjà faite aux trois quarts ; c'était John Straker qui était allé à l'écurie au milieu de la nuit et qui en avait fait sortir Silver Blaze. Quel avait pu être son mobile ? Un mobile malhonnête sans aucun doute, puisqu'il avait cru nécessaire d'endormir son garçon d'écurie. Et cependant je me perdais en conjectures sur l'acte même qu'il avait voulu commettre. Nous savons que bien souvent des entraîneurs ont empoché des sommes considérables en pariant par l'intermédiaire d'hommes de paille contre leurs propres chevaux et en employant ensuite une ruse quelconque pour empêcher ceux-ci de gagner ; tantôt c'était un jockey qui tirait le cheval, tantôt on se servait de procédés plus sûrs et plus subtils. Lequel avait été choisi dans le cas présent ? Je me pris à espérer que le contenu des poches de l'entraîneur me mettrait sur la voie.

C'est ce qui est arrivé. Vous n'avez certainement pas oublié le singulier couteau que le cadavre tenait encore dans la main quand on l'a retrouvé, un couteau qu'aucun homme dans son bon sens n'aurait eu l'idée de prendre comme arme. Ainsi que nous l'a dit le docteur Watson, cette lame est d'une espèce toute particulière, et on l'emploie pour une des opérations chirurgicales les plus délicates. C'était, en effet, à une bien délicate opération qu'elle devait servir cette nuit-là. Vous savez évidemment, colonel, avec votre grande expérience de tout ce qui concerne les chevaux, qu'il est possible d'atteindre sous la peau du jarret le tendon qui s'y trouve et d'y faire une légère incision sans laisser la moindre trace de la chose ; après cela le cheval manifestera une légère boiterie, mais on la mettra sur le compte d'un effort qu'il se sera donné à l'exercice, ou bien d'une atteinte de rhumatisme sans jamais songer un instant qu'elle puisse être le résultat d'un acte criminel.

– Quelle infecte canaille ! s'exclama le colonel.

– Voilà ce que comptait faire John Straker quand il a emmené le cheval dans la lande. Il était en effet absolument nécessaire de pratiquer l'opération hors de l'écurie ; car un animal aussi plein de sang que Silver Blaze eût certainement fait un tapage effroyable en sentant pénétrer la pointe du couteau, et il aurait ainsi réveillé le dormeur le plus endurci.

– Aveugle que j'ai été ! s'écria le colonel. C'est évidemment pour cela qu'il avait emporté un bout de bougie et qu'il s'est servi de l'allumette que vous avez retrouvée ?

– Sans aucun doute. Mais, outre les procédés employés pour commettre ce crime, j'ai été assez heureux, – en examinant les papiers contenus dans les poches, – pour découvrir les motifs mêmes qui l'ont déterminé. Vous savez comme tout le monde, colonel, qu'on n'a pas l'habitude de porter sur soi les factures d'un autre ; nous avons en général bien assez de mal à payer celles qui nous concernent. J'ai donc pensé immédiatement que Straker avait une vie organisée en partie double, et qu'il se trouvait à la tête d'un second ménage. La nature de cette facture prouvait qu'il y avait une femme sous roche, et même une femme très portée à la dépense. Quelque généreux que vous puissiez être vis-à-vis des gens qui sont à votre service, il est peu probable qu'ils gagnent assez d'argent pour être en mesure de payer à leurs femmes des robes de mille francs. Sans en avoir l'air, j'ai interrogé Mrs. Straker sur la robe en question, et une fois certain qu'elle ne l'avait jamais eue en sa possession, je pris note de l'adresse de la couturière, convaincu qu'en lui montrant la photographie de Straker, je serais aussitôt renseigné sur la véritable personnalité du mystérieux Darbyshire.

Dès lors, tout était expliqué. Straker avait conduit le cheval dans un creux où la lumière de sa bougie ne pouvait être aperçue des environs. Il lui arriva par hasard de trouver la cravate que Simpson avait laissée tomber dans sa fuite, et il la ramassa, comptant peut-être s'en servir pour entraver la jambe de Silver Blaze. Arrivé à l'endroit qu'il avait choisi, il avait enflammé son allumette tout en passant derrière le cheval ; celui-ci, effrayé de cette clarté subite, – sentant de plus, grâce à cet instinct étrange que possèdent les animaux, qu'on nourrissait contre lui quelque mauvais dessein, – bondit, et d'une ruade fracassa la tête de Straker. En tombant, l'entraîneur se fit avec le couteau qu'il tenait à la main une estafilade à la cuisse ; car, en dépit de la pluie, il s'était déjà débarrassé de son manteau afin d'être plus libre pour mener à bien son petit travail. Tout cela ne vous paraît-il pas clair ?

– C'est merveilleux, s'écria le colonel, merveilleux ! On jurerait que vous y étiez !

– Mon coup final fut, je l'avoue, un coup de maître. Il me vint à l'idée qu'un homme aussi malin que Straker n'avait pas dû risquer cette délicate opération au tendon sans s'être fait la main auparavant. Mais sur quoi ? J'aperçus tout à coup les moutons, et c'est alors que je posai au lad une question à laquelle il me répondit de façon à confirmer toutes mes suppositions. J'avoue que j'en restai moi-même fort ébahi.

– Vous avez tout admirablement éclairci, monsieur Holmes.

– À mon retour à Londres, je passai chez la couturière, qui reconnut immédiatement la photographie que je lui présentais comme étant celle d'un de ses meilleurs clients, nommé Darbyshire dont la femme, très élégante, témoignait des goûts les plus dispendieux. C'est certainement cette femme qui a plongé Straker jusqu'au cou dans les dettes et l'a ainsi amené à entreprendre sa criminelle tentative.

– Vous nous avez tout bien expliqué, moins une chose, remarqua le colonel. Qu'était devenu le cheval ?

– Ah ! le cheval ?... Eh bien ! il s'était échappé et un de vos voisins en a pris soin. Prononçons, si vous le voulez bien, une amnistie pleine et entière en sa faveur ; cela vaudra mieux, je crois. – Mais nous voici, il me semble, à Clapham Junction et dans moins de dix minutes nous serons arrivés à Victoria. Si vous voulez nous faire le plaisir de venir fumer un cigare chez nous, colonel, je me mets à votre entière disposition pour vous donner tous les détails qui pourraient encore vous intéresser.